U0118131

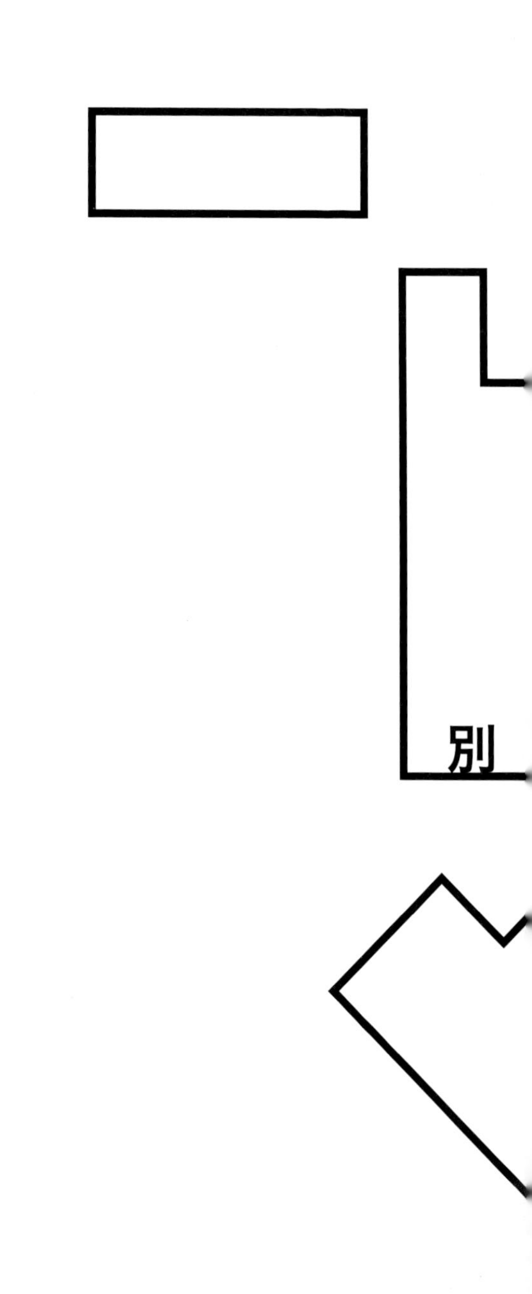
別

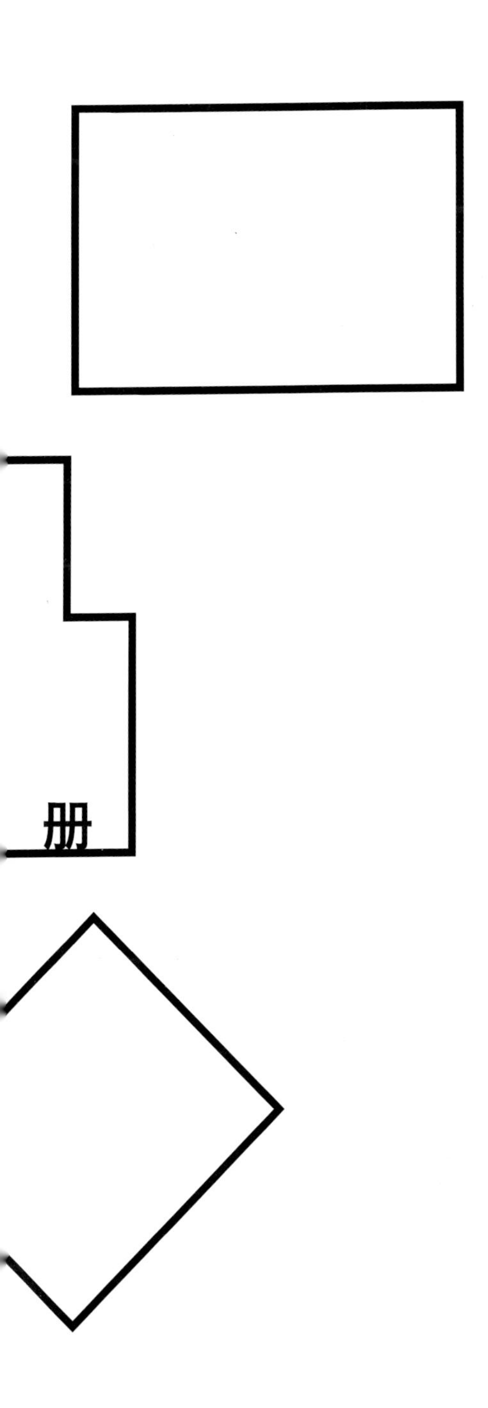

陳鈞潤翻譯劇本選集

目錄

陳鈞潤 (1949-2019)

陳鈞潤，香港出生，是著名的戲劇翻譯家、編劇、作家及填詞人。自上世紀七十年代起翻譯歌劇中文字幕多達五十多部，至八十年代中更開始為香港劇場翻譯舞台作品超過五十部，其中不少是廣受歡迎且多次重演的經典名作。

陳鈞潤六十年代於皇仁書院畢業後，考獲獎學金入讀香港大學，主修英文與比較文學。曾任香港大學副教務長、中英劇團董事局主席、香港電台第四台《歌劇世界》節目主持及康樂及文化事務署戲劇及歌劇顧問。陳鈞潤文字修養極高，他翻譯的作品，人物語言極具特色，而最為人津津樂道的，是他把舞台名著改編成香港背景下的故事。他善用香港老式地道方言俚語，把劇本無痕地移植育長，其作品是研究香港戲劇和語言文化的珍貴寶藏。

學貫中西的陳鈞潤以其幽默鬼馬卻又不失古樸典雅之翻譯風格而聞名。他以香港身份為本，將西方劇作本地化及口語化。多年來其作品享譽盛名，當中包括改編自莎士比亞的浪漫喜劇《元宵》、法國愛情悲劇《美人如玉劍如虹》、美國黑色音樂喜劇《花樣獠牙》、《相約星期二》、《泰特斯》等不朽經典。

陳鈞潤多年來於戲劇界的表現屢獲殊榮，包括：1990年獲香港藝術家聯盟頒發「劇作家年獎」；1997年獲香港作曲家及作詞家協會「本地原創正統音樂最廣泛演出獎」；1998年其散文集《殖民歲月 — 陳鈞潤的城市記事簿》獲第五屆「香港中文文學雙年獎」；2004年以「推動藝術文化活動表現傑出人士」獲民政事務局頒發「嘉許狀」；及獲香港特別行政區頒授榮譽勳章。除此，陳鈞潤一直在報章撰寫劇評，為香港劇場留下大量的資料素材，貢獻良多。

造化是舞榭共歌台

/ 潘璧雲

1987年，是我專業舞台演員生涯的第二年，經過競爭劇烈的遴選之後，我這個初生之犢，竟然被選中擔任香港話劇團(下稱話劇團)製作的百老匯音樂劇《有酒今朝醉》的女主角。這也是話劇團第一次以現場樂隊伴奏的音樂劇，導演是時任藝術總監陳尹瑩博士。那時我很年輕，沒有甚麼舞台經驗，也許就是憑着青春和一股傻勁獲得這個機會。遴選之前，我們都已經收到中譯劇本，雖然無知，但也隱隱然覺得這位譯者——陳鈞潤先生Rupert的翻譯非比一般，那些台詞和歌詞很有風格。對當年的排練和演出歷程，我記得的無非是些許點滴；沒有忘記的，倒是那些中文台詞和歌詞。

之後，在同是話劇團製作的《胡天胡帝》、《俏紅娘》、《造謠學堂》、《家庭作孽》等，我都有份參與其中，這些統統都是陳先生翻譯的。他的作品就是那麼獨特，根本不需要註明，一看就能分辨是他的出品。幾十年過去了，如今陳先生也安息了，惟他留給香港劇場的是豐碩無比的瑰寶。

《陳鈞潤翻譯劇本選集》收錄了陳先生翻譯及改編的其中六個劇本：《元宵》、《女大不中留》、《禧春酒店》、《美人如玉劍如虹》、《家庭作孽》和《今生》；另外又以本書《別冊》收錄三位和陳先生有不同緣份的劇場前輩的訪問，還有演出資料和劇照。本書並特邀資深劇評人張秉權博士親撰專文，分析陳先生的翻譯特色。作為主編，一次過要為六個劇本作整理及校對，工作量的確不輕。但是當我一次又一次翻看陳先生筆下的台詞和他的改編創作時，不得不再一次由衷拜服他的才華，也對是次的出版計劃注下了強心針。

六個劇本中，除了《今生》和《家庭作孽》沒有重演過外，其他四齣或多或少都經歷過時代的洗禮。不過，話劇團製作的《家庭作孽》曾在香港文化中心劇場演出一個月之久，也算是當時的一個紀錄。《美人如玉劍如虹》曾經在短時間內重演；《元宵》、《女大不中留》及《禧春酒店》則在這數十年間，多次被搬上舞台：作為首演的製作單位，中英劇團在不同劇季中，曾重新製作以上三劇。而《女大不中留》和《禧春酒店》更曾被香港不同的演出製作單位垂青。

這次出版收錄的劇本，基本上是以陳先生為製作首演翻譯的手稿為依據，再配合重演時劇本的某一些調整修訂而成。當中包括某些劇本內容因改編而畧作增減，或因不同需要經過整理；部份廣東字讀音，會以同音字的方式處理，如手稿的譯註説明有不明確處，這個版本會從缺。這個版本也許跟曾觀該劇的讀者對劇情的印象畧有差異。例如在《美人如玉劍如虹》中，手稿是並沒有歌詞的，後來才有了為製作而創作的歌詞。雖然歌詞已把台詞的內容涵蓋在內，但畢竟是兩種不同的文字演繹。故此在本出版中，讀者會在閱得台詞的同時，也能讀到歌詞；這樣，就更能凸顯陳先生駕馭文字的高度。

能實現《陳鈞潤翻譯劇本選集》出版計劃，首要當然是感謝陳先生的公子陳雋騫先生的協助和他家人的信任，同意給予我們出版的機會；此外，感謝香港藝術發展局及中英劇團的資助；更全賴出版伙伴中英劇團及國際演藝評論家協會(香港分會)在整個過程中，所給予的意見和實際執行上的投入。不得不提，特別鳴謝麥秋先生和張可堅先生的慷慨支持，還有香港話劇團藝術總監陳敢權先生、行政總監梁子麒先生、戲劇文學部編輯吳俊鞍先生；劇場空間藝術總監余振球先生；提供資料的司徒偉健先生；協助搜集資料的歐陽樫博士和劉欣彤小姐。

自1987年至今，我仍會不時哼起《有酒今朝醉》的中文歌詞，思考着「造化是舞榭共歌台」於我的意義。

無謂要獨坐斗室裡悶氣，
走進熱舞天地，
今宵舉杯睇歌舞劇，
管他是悲或喜。
留下了钁鏟、掃把與簿記，
唞半日假歡聚，
一生等於演歌舞劇，
有酒今宵共醉。

我哋有歌，我哋有酒，
入嚟同醉，你要尋樂趣
就快啲，聽朝驚太遲！

無謂成日怕快將有大變，
把歡笑盡數奪去，
造化是舞榭共歌台，
共你大醉看戲！

我舊日有個同行老友嘉莉，
我哋合份租成層樓最揦脷！
佢神神化化人豪放不拘禮，
佢事實上係有得租，斷鐘租襟計！

她暴斃咗，隔籬鄰舍最諸事：
「呢亂食丸仔同埋飲酒出事！」
我回頭見佢攤响棺材裡：
遺容是最快樂，死也笑微微！

我就在今天仍然悼念佢，
最是難忘帶笑回頭她名句：
無謂要獨坐斗室裡悶氣，
走進熱舞天地，
今宵舉杯睇歌舞劇，
管他是悲或喜。

我如何去，休掛慮，
若然係要去，我期望我學似嘉莉去法，多美麗！

承認你在世總歸進墓裡，
轉眼時辰就至，
一生等於演歌舞劇，
造化是舞榭共歌台，
尋樂趣、大醉、看戲！

～ 節錄自香港話劇團1987-88年製作《有酒今朝醉》歌詞

作者
潘璧雲，本書策劃及主編、劇場工作者及筆耕人。
現任璧雲天文化藝術統籌；著有《遊雲》一書。

生日宴。左起陳鈞潤、麥秋、鍾景輝。

成人之「美」

/ 口述：麥秋（題目為編者所定）

初見

八十年代，我和Rupert(陳鈞潤)都是天主教香港教區禮儀委員會的成員，我負責管理教堂設施，Rupert負責聖詠事工。我倆雖然素昧謀面，但由於我是唱詠團團員，常常會唱Rupert的作品，所以很早就通過他撰寫的聖詩歌詞認識他，感覺他是教會裡的才人。我當時帶領天主教青年劇藝團，導演過不少戲劇，所以他對我也有印象。我印象特別深刻的是他那首《甘將一生交給主》，令我感動不已。

當年，Rupert在中英劇團(下稱中英)嶄露頭角，那時候，中英仍屬於英國文化協會附屬組織，多做英語戲劇。不過，由於Rupert身居幕後，所以一直只聞其聲不見其人。後來在一次教會的聯合會議中，我們才正式相遇，有趣的是，Rupert衣着行徑老氣橫秋，與我想像中多情詞人的漂亮瀟灑大相逕庭。雖然如此，會議後我們就一見如故，惺惺相惜。

當時，Rupert翻譯盧景文的歌劇作品，這人真的厲害，竟能把意大利、法文、德文都翻譯成英文歌詞。一次去看排戲時，我再有機會遇見Rupert，他説翻譯其實不能單靠天才；意大利文他較熟，但其他翻譯只能靠比較各個譯本。他不是逐句翻譯，只是把劇情通順地譯出，取其段落大意，在字幕上整段呈現。後來我導演音樂劇《白雪公主》，團隊要到多個商場做宣傳，到了在金鐘太古廣場那次，我邀請Rupert的兒子Phoebus(陳雋騫)演奏鋼琴，那年他只有十二歲，既有才華又有膽色，就從那次起，Phoebus便開始了「鋼琴王子」的生涯。漸漸我亦與Rupert成為深交，並開始後來五、六套戲劇作品的合作。

共謀

1985年我應美國舞台技術學會(USITT)邀請，到紐約就「麥秋的舞台操作管理」一題作講座。途中我還特意到西雅圖觀賞劇作家Marsha Norman的*'Night Mother*一劇。完場後，我二話不說到後台希望能與編劇見面。幸運地，我不但見到她，更得到編劇同意，並慷慨地以一美金版權費，予我得到在香港上演這個戲的許可。於是，回港後，我找Rupert與我合作翻譯劇本，《半句晚安》這個中文譯名就是他的主意。劇名原意是good night卻說不出「good」字，而以apostrophe「'」作開頭。當時Rupert想了很多不同的譯名，最後神來之筆想出《半句晚安》這劇名，我一聽已覺得一絕。

我和Rupert的合作一直相當順利。我尊重每一個部門的工作，與任何人合作時，也很少堅持己見。我欣賞Rupert的文學修養和翻譯本事，所以完全信任他。他從來也不和我計較金錢，是很通情達理的合作伙伴。

通常我會先交劇本給他，討論想法，再看看他有沒有興趣，如他真有興趣才會落實合作。再會面時，我才會把劇本的定位、人物的階層、語言表達方法等告訴他。交代我的想法後，Rupert基本已經有完整的翻譯計劃，隨之便着手翻譯。他是一個洞察力很強的人，他會拿準我作為導演的意圖、風格，以至取向。他交稿也很準時，完成初稿後，他會逐頁整理出要點，我有意見時他接收消化，直至完稿。

Rupert和我比較大型的合作要數《美人如玉劍如虹》(*Cyrano de Bergerac*)。我希望這個劇本化身到中國古代，或許是唐朝，Rupert十分同意。我再想到要加入音樂元素，變成一齣音樂戲劇(musical drama)，在劇情中穿插歌曲。因為Rupert的音樂修養也很高，我相信他一定能做到。回想起當中有一場民眾打架戲，我希望以一首快歌代替部分較粗俗的台詞，配合武打和舞蹈，這或許對Rupert來說也是很大的挑戰。

全劇分兩幕，Rupert把台詞都譯成文言文。我認為這是很大膽卻很好的嘗試。我邀請Rupert圍讀時，指導演員台詞中比較艱澀的字詞的正確讀音，並由他解釋意思，只要他有時間都會儘量來參與排練。我排戲較嚴肅，氣氛認真，Rupert來到，要是沒有甚麼問題他就只會旁觀，一有問題時就會認真解答。其他方面他都不會多加意見，只有在音響效果上，他會提點大家不要太花巧，以免環迴音效影響觀眾聽歌詞。

《美人如玉劍如虹》公演後，有些觀眾不太接受文言文台詞，這使Rupert感到不開心，因為他覺得對不起我。一套認真的製作，台詞卻不能令觀眾接受。但我倒覺得沒甚麼所謂，因為我知道這是一個好的作品，也將會是Rupert的代表作。後來即使打算重演，我也沒想過要改，一來要演員重新習慣很困難，二來我認為這是一件藝術品，是傳世的作品。不過，後來為了出版，Rupert改了第一幕，可惜的是這項出版只做了上集，半齣戲成書，後來因為出版社的經營問題，沒有按計劃完成全劇。

相重

Rupert這個人很可敬、可愛和可靠，他不是一個獨專於單一範疇的藝術家，而是較多面，在不同領域都有涉獵，很闊很多樣，而且都很有研究。他的認真、負責任、包容的人生觀更讓我欣賞不已。不論教會事務、翻譯以及戲劇工作，他都兼顧得很好，每件事都很盡責。他雖然是虔誠的天主教徒，卻深入世故，黑白雅俗都知道，他用的歇後語相當刁鑽，例如「抬棺材甩褲」，起初我不懂何解，以為只是一般街談巷語，卻原來很有意思，就是「失禮死人」之意。另一方面，Rupert又能寫出像《美人如玉劍如虹》那樣深雅的台詞，可見其不拘一格，是一位豁達、瀟灑和有風格的綜合文人，不會局限於古典或現代，甚麼階層的生活面貌他都能取之用之，這是我所敬服的。

我朋友雖多，但由於自己不甚懂得交際，所以很少約朋友見面聊天，一講就是正經事。我和Rupert也甚少閒談，除了曾邀請及向外推薦Phoebus演奏外，其他例如Rupert住哪裡、在大學工作情況、他太太擅長攝影、女兒運動傑出等等，都是張可堅告訴我的，我從來都不會故意去問。

直至Rupert生病時，我反而經常問候。他病情時好時壞，我也較多去探望。每次為他祈禱後，他都急着趕我走，因為病房始終較狹小。他臨終把遺言託Phoebus傳給我們，希望我們不要傷感，因為他跟病魔也鬥爭了很久。他曾說過他很感恩，因為要做的都做了，除了一生最後一個願望：在我生日會上表演唱歌。我、Rupert和King Sir（鍾景輝）都是三月生日的，三個人相隔一星期的同一天生日，而我每年生日都會請他們一起切蛋糕，Rupert也總會唱一首歌。

2019年，他去世前幾個月，正值我生日的日子，Rupert爭取出院，只為最後一次出席我的生日會，陳太說他為了這次生日會而練歌，每晚洗澡時他都練唱。當天聚會他唱了兩首歌，人雖然非常瘦弱，但聲音依舊漂亮，他說這回終於完成了他的心願。在Rupert的喪禮，我致辭時，向他鞠躬後唱了四句：「陳鈞潤鑒：我用曲記悼唔係冒犯，今次未去醫院探，你嘅臨終預囑好似面談，永記在我心間。」這幾句我也是練了很多次，多年來，他不斷以他的作品及為人感染我，只有這位朋友我會為他這樣做，也必須這樣做。

麥秋

香港資深表演藝術工作者。曾為多個著名表演團體擔任監製、編劇、導演、演員、燈光設計和舞台管理工作。1974至1979年受聘為香港藝術節聯絡，負責聯絡世界著名表演團體在港演出時之舞台技術及管理事務；亦為香港話劇團成立第一齣劇目《大難不死》及1981年香港中樂團首齣歌劇《易水送別》擔任導演。1982至1987年間，麥氏受聘為市政局藝團辦事處統籌總監，統籌劇作四十多齣。1987至1997年間，創辦中天製作有限公司，任藝術總監和執行董事，製作舞台劇及為本地藝術界提供各類有關服務。導演作品接近三十齣。1997年，麥氏率領《虎度門》前往加拿大及新加坡演出，並為7月1日政府大球場之回歸紀念演出任導演。

1998年替中英劇團執導《官場現形記》，更憑此劇獲得第八屆香港舞台劇獎最佳導演（喜劇/鬧劇），又憑《山水喜相逢》及《愛妻家》先後獲得最佳男主角（喜劇/鬧劇）及最佳男配角（喜劇/鬧劇），更在1999年度起連續三年成為臨時區域市政局和康樂及文化事務署主辦藝術家駐場計劃駐沙田、元朗及荃灣大會堂之藝術家。

2005至2012年，麥氏為電視廣播有限公司藝員培訓課程策劃及導師。2006年獲香港演藝學院頒贈榮譽院士。2012年至今，為香港天主教在香港懲教署之服務項目「創藝展更生」戲劇活動導師及香港大學附屬學院「戲劇與人生」課程導師。麥氏亦曾擔任香港戲劇協會副會長、香港中文大學延續教育課程導師、香港演藝學院戲劇及科藝學院顧問、臨時區域市政局文化事務顧問、澳門戲劇協會藝術顧問、香港藝術家聯盟執行委員會委員、香港文教傳播聯會名譽顧問及香港電台電視節目顧問團顧問等。

麥氏現任James Mark Theatre Consultant Co.顧問。近年導演作品包括中英劇團《玻璃偵探》、《孔子63》及《孔子‧回首63》、澳門戲劇社《近水樓台》、《烏龍鎮》及《玻璃神探》、思定劇社《珠寶店》及《約伯新傳》、靈火文化《厄瑪奴耳 — 救恩神曲》、靈火劇團《耶穌傳》、以及聖公會聖匠堂長者地區中心安寧服務部《小城風光》，並演出香港戲劇協會《重唱四重唱》。

2009年，在香港戲劇協會主辦的香港舞台劇獎頒獎禮上，陳鈞潤及陳敢權同獲傑出翻譯獎。第二行左六為陳鈞潤，第三行右九為陳敢權。

文人相敬

/ 口述：陳敢權 （題目為編者所定）

才子

上世紀八十年代，我在香港話劇團(下稱話劇團)當舞台監督時，尚未認識Rupert兄。直至後來我到香港演藝學院(下稱APA)任教，才接觸到他為中英劇團(下稱中英)翻譯的演出作品。印象中，Rupert是位謙謙學者，我甚至覺得他更像一位教授，既有才華又有文學修養。Rupert英文極好，但平日談吐甚少夾雜英語，我衝口而說的話中，夾雜的英文比他還要多。他説話字正腔圓，相當「骨子」── 例如他會用「骨子」這種字眼，「現代人」已經很少用了。

我除了編劇和導演外，也翻譯劇本。Rupert當時已為中英做了不少改編翻譯作品，水準相當高，語句流暢生動。我在APA任教時，學院演出的原著劇本多由我作英譯中，又或由學生負責，並未斗膽驚動Rupert。印象中，話劇團《城寨風情》於1994年演出時，我才算與Rupert有接觸，但並不是合作，只因太太參與其中(編按：陳敢權太太陳慧蓮是當時話劇團全職演員，劇中飾演「荷花」)。那時，我總是帶着孩子來看排練，所以有機會接觸到Rupert。我其實沒太留意哪些歌詞是他寫的，因為填詞的還有編劇杜國威和當年剛踏入劇壇的岑偉宗，只覺得這個戲的歌詞極具美感，富中國詩詞意境，且通順容易上口，又非常「生鬼」。

Rupert曾擔任過話劇團理事，為話劇團運作擔任監察及指引。但當我加入話劇團任藝術總監時，他剛退任。想當年我們也曾認真談過合作，譬如我當時很想把Rupert翻譯的《有酒今朝醉》(百老滙著名音樂劇*Cabaret*)重新製作，因為我很喜歡這個音樂劇的歌曲，也喜愛他的譯本。可惜當時沒有合適的演期和場地配合。之後我們也曾談過另一些合作，遺憾的是，皆沒成事。

是譯也是作

我和Rupert同樣都有做編劇及翻譯的工作，雖然對翻譯劇本的觀點有些不同，但我一直十分欣賞Rupert的才華。我個人認為，如果挑選一個外國劇本在本地搬演，又已經找到原著與現代社會的連繫的話，那就得尊重原著的精神和其宇宙性，並相信現代觀眾可與原著產生共鳴。所以我翻譯劇本時，甚少加入改動時空等元素，甚至覺得譯者應該要儘量「隱形」。當然，我也曾試過把莎士比亞的《馬克白》(*Macbeth*)翻譯改編成中國古裝劇，也運用詩詞、像戲曲一樣，不過當然沒有Rupert的鬼才，能出神入化地玩文弄字一番。

回想Rupert的許多翻譯，其實可說是一種重新創作。他會抓緊劇本原文的意思，經常套用到另一個空間和環境，與本地觀眾產生最直接的連繫。人物背景或身份都符合原來設定，一切套用均合情合理，既通順，更有「巧」亦有「妙」。如果熟識原著，對比Rupert的改動，不難找到教人「拍案叫絕」的地方。他確是十足十的鬼才。一般海報會把原著劇作家的名字大大的放到最着眼處，翻譯者名字會縮小甚至不登，但我覺得陳鈞潤譯作的海報，兩者的名字應該一樣大，因為都是「創作」，但那要像Rupert這樣有才華的翻譯者才能做到。

Rupert的遺作《初見》就是他佳作之一。他把《傲慢與偏見》(*Pride and Prejudice*)創作成香港殖民地時代的故事，並改寫成中產階級與上流社會的衝突，十分貼切，還保留了當代應有的英式味道。不單如此，他對五、六十年代日常用語的運用相當瀟灑，劇中的俚語尤見一絕，例如用諧音字和巧用捉字蝨等，演出還加入了粵曲，活潑地重現了那個年代的粵語片特色，既可愛又教人印象深刻。此外，2008年話劇團製作的《窮孖戲班》(*Moon Over Buffalo*)，由於當中有很多英國的俚語，很難直譯，所以特別請了Rupert來作顧問。還有，是次出版中收錄的《家庭作孽》(*A Small Family Business*)，Rupert把背景改成深圳，卻毫無硬譯之感，只覺渾然天成，可說非常「犀飛利」。有時候，翻譯作品常常給人一種怪異或硬譯的感覺，總讓人覺得「人物不會這樣說話」，也可說是欠缺生活感。但Rupert譯作，每每移植到我們熟識的時代或背景，換了人物對話卻依然十分順暢，完全符合地方和時代，有些觀眾還會以為原著就是這樣，改動得天衣無縫。

假如有機會在Rupert的作品中，選一部給話劇團演，我會選《元宵》(*Twelfth Night*)，只是擔心中英可肯借出他們精采的首本名劇呢？(一笑)這演出到今時今日我尚留印象！《元宵》的時代背景，搖身一變為唐代，加入了不少詩詞韻文等藝術元素，充分表露了Rupert的才華，可借用一句「讀書破萬卷，下筆如有神」來形容。譯者必要完全掌握中英文的修養，方能把兩種語言轉化得融會通順，變化萬千。

與其他譯者的作品比較，Rupert的譯筆相當容易辨認，風格突出，一定看得出當中的鬼馬語句，既活潑又抵死，且多數並非原作所有，均是他自由創作。除了翻譯，Rupert也在報章撰寫過不少文章，謙遜與幽默並重。他離世前的辭行信都令我印象深刻，我未曾遇過一個會寫自己悼文的人。字裡行間十分感人，亦有很強的幽默感，更感受到他的樂天知命的人生觀。Rupert個性沉實低調，如果當初他沒有選擇行政工作的話，我相信他一定會為香港留下更多佳作，在舞台事業上更大放異彩。

我們掛念你，Rupert老宗！

陳敢權

自2008年起出任香港話劇團藝術總監，是亞洲少數擁有編、導、演、舞台設計、戲劇教育和舞台管理專業資歷的戲劇藝術工作者。他創作的劇本數量豐富，目前連改編及翻譯作品已逾百齣，導演作品逾八十齣，舞台設計十三個。曾任香港演藝學院戲劇學院導演系及編劇系主任，在校十九年間，致力培育編、導人才，卸任前完成戲劇藝術碩士課程的課程設計。

陳敢權曾獲多個舞台獎項，包括：香港藝術家聯盟的香港藝術家年獎1991、1994年獲香港戲劇協會十年傑出成就獎及2009年獲銀禧紀念獎——傑出翻譯獎等。其編導的作品曾榮獲香港戲劇協會和華文戲劇節多個獎項。

他創作的劇本題材廣泛且匠心獨運——不論其經典佳作《星光下的蛻變》；到曾於2016年獲第十屆華文戲劇節「華文戲劇優秀劇目大獎」的《一頁飛鴻》；又或是源於經典《浮士德》而創作的《魔鬼契約》；以及2008年首演時，即獲香港舞台劇獎最佳整體演出的音樂劇《頂頭鎚》，還有以本土舊日情懷入題的《有飯自然香》等，都標誌了他在不同階段對生命的洞察、對文字的駕馭及對戲劇藝術的熱情和卓見。

目前任內作品計有：《捕月魔君•卡里古拉》（翻譯及導演）、《横衝直撞偷錯情》（改編及導演）、《遍地芳菲》（導演）、音樂劇《奇幻聖誕夜》（翻譯）、《彌留之際》（編劇）、《才子亂點俏佳人》（編導）、《一年皇帝夢》（編劇）、《十八樓C座》舞台劇（聯合編劇及導演）、《盲女驚魂》（翻譯及導演）、音樂劇《俏紅娘》（翻譯及導演）、《引狼入室》（導演）、《蠢病還須蠱惑醫》（翻譯）、音樂劇《太平山之疫》（聯合編劇）、《我們的故事》（導演）、《埋藏的秘密》（翻譯）、《紅梅再世》（編導）、《盛宴》（翻譯及導演）、音樂劇《假鳳虛凰》（翻譯及導演）、《叛侶》（粵語改編及導演）及《美麗團員大結局》（編劇及導演）等。他秉承話劇團的藝術風格，除了貢獻其在編、導及管理的才能外，更積極發展本地原創劇及黑盒劇場，增設讀戲劇場、舞台編劇實驗室，加強戲劇文學的研究和出版，鼓勵開拓戲劇教育，擴展對外合作交流，栽培新一代演藝人才，帶領話劇團邁向新里程。

陳敢權獲美國科羅拉多州州立大學戲劇碩士，並擁有戲劇及美術設計學位，2013年6月獲香港演藝學院頒授榮譽院士。現為中國戲劇家協會會員及香港藝術發展局審批員。

攝於2019年7月，嘉諾撒聖方濟各學校一百五十周年校慶劇《來自遠方的種子》首演前。
左起音樂總監及作曲陳雋騫，總導演張可堅，填詞陳鈞潤，編劇及導演廖裕修。

圓滿的緣

/ 口述：張可堅（題目為編者所定）

相識

我大概是1984年在中英劇團（下稱中英）認識Rupert的，那是他首度與中英合作，翻譯一個捷克劇本《昆蟲世界》（*The Insect Play*）。那次，亦是Rupert第一次與時任藝術總監高本納（Bernard Goss）合作。那是一個中學巡迴表演，當時我是演員，除圍讀時碰面外，沒有太多機會與Rupert接觸。

據我所知，Rupert最初在香港理工學院（現為香港理工大學）工作，認識了活躍於香港歌劇製作的盧景文，受邀幫他翻譯字幕及歌詞；後來Rupert轉職到香港中文大學（下稱中大），認識了同在中大工作的劇場活躍分子蔡錫昌，估計是蔡錫昌介紹Rupert認識高本納的，因為著名編劇杜國威當年也是由他介紹給高本納，所以才有後來的《我係香港人》製作。《我係香港人》很受歡迎，讓更多人認識中英，觀眾亦開始接受中英是扎根本地的藝術團體。

相知

1986年頭，Rupert為中英改編翻譯莎士比亞的《第十二夜》，名為《元宵》參加香港藝術節，演出地點是香港藝術中心演奏廳。這次，也開始了我和Rupert的友誼。當時常跟Rupert與導演高本納討論劇本，由於我身兼兩個角色：賀省廬和尉遲岸汐，所以需要更多時間準備。我和劇組同事經常與Rupert談天，印象挺深的是：每次排練後去酒吧輕鬆一下，少不免會抽煙喝酒，但離開時，Rupert一定有兩個指定動作：吃香口膠、用酒精紙巾捽手指，目的是抹走指間煙味，他說這是做好本份：尊重太太。Rupert這個人就是這麼有趣。

聽説Rupert老家從前是做雜貨店的，他説自小愛聽粵劇，後來就愛上歌劇。他曾在香港電台的音樂節目介紹歌劇，也在香港大學校外課程授課，我去聽過一次，才知道他如此博學，由歌劇去看藝術世界，絕對是嘆為觀止。Rupert博聞強記，誰寫過甚麼，某齣電影內容是甚麼，他都可以滔滔不絕暢談。Rupert的藝術修養，都是後天培養的，這也許正正是他們那一代人的特色。

相惜

談及Rupert的翻譯功力，我試用《半句晚安》為例，劇本英文名'*Night Mother*，為何不是*Good Night Mother*？以我理解，因為説不出個「good」字，故事是很悲慘的。這個名字可以怎譯？無辦法直譯，所以Rupert譯作《半句晚安》，令人思考半句是甚麼意思，譯得有味道又有餘韻。又例如《第十二夜》中的一句："If music be the food of love, play on." 他譯成：「若然樂曲正是情愛食糧，且奏莫停；進我以過量，於是乎飽漲，食慾厭膩，以至消逝！」當時印象很深，意義貼近原文之餘，讀來節奏又好聽，意境都出來了，他的中英文能力在此表露無遺。改編方面，本來，《元宵》是由高本納在《第十二夜》中選輯段落，令作品更適合改編，但這就打亂了劇本次序。不過Rupert真的很厲害，把劇本改編得合情合理。當時不知是Rupert的研究還是佈景設計師曾杜昭的意見，説中國唐朝時，有粵劇戲班在「紅船」上表演和生活，船到哪個碼頭就在那裡落腳，甲板就是舞台，佈景上方寫着「於此作場」。因此，《元宵》的設定就在紅船上，故事由演員到某地演戲時，救起了石蕙蘭這個人物開始。這個改編令我佩服，想得非常周到仔細！而Rupert翻譯的詩詞更是做到意近又優美。

另外一齣同期、也是Rupert改編翻譯的《女大不中留》(*Hobson's Choice*)，風格又不同了，十分調皮，把一個英國傳統劇本改為香港五十年代背景，加入了不少歇後語，相當過癮，這絕對是靠Rupert的功力。我相信中英能夠一直發展下去，很大程度是因為當時Rupert與高本納一同創立了一番景象，高本納有這個智慧去找Rupert合作，然後兩個人又一拍即合，製作了幾個很經典的戲劇作品，可惜高本納在1988年早逝，否則佳作一定陸續有來。

我極之欣賞Rupert的才華。我本身也是挺自負的人，1981年，我已經為香港話劇團翻譯《人民公敵》(*An Enemy of the People*)一劇，但在Rupert面前我也自愧不如，他中英文修養之高，我望塵莫及。

事實上，我曾經和Rupert在劇場以外的地方共事。1995年，Rupert在香港大學外務部工作，我則獲聘在同一部門擔任行政工作，做了Rupert的下屬。我們一起工作了兩年，這讓我更了解Rupert做人處事的宗旨：無為而治。他給同事很大的自由度處理事情，彷彿自己「不管了」那樣，但當有問題出現時，他卻原來很清楚同事的一舉一動，即時可以幫忙或提醒，尤其是當同事遇上困難求助時，他願意花時間幫助大家完成事情。這兩年間，Rupert潛而默化地從根本改變了我。

後來2011年我回到中英做總經理，我喜歡事事親力親為，但也會給同事自由去辦事情。當時，我跟已是中英董事會主席的Rupert經常接觸，他給人的印象是永遠都笑面迎人，是一位好好先生，但我在董事局會議上卻看到他的另一面，雖然也是謙謙君子，但在重要關頭時，他會據理力爭；假如董事局裡有不同意見，當中做法又不合理時，他會堅持，因為他文筆好，所以還會筆來筆往。Rupert甚至不惜與其他董事反面，過後還會跟我說：「可堅，不只你是演員，我剛剛都是在演戲。」

不相忘

其實很早就聽説Rupert身體抱恙，後來又聽説他病情好轉，直到2016年，他身體愈來愈差，在中英十二月年會時，Rupert因為自覺身體狀況欠佳而辭任主席一職。當時見他瘦了很多，膚色暗啞，大家都為他擔心。由於他要經常出入醫院，即使邀約他到劇場看演出也未必能出席。到2017年，我與時任藝術總監古天農去探訪Rupert，覺得他有些精神寄託會較好，所以提議請他改編《傲慢與偏見》(即中英劇團《初見》一劇)。對這部名著，我想他是熟得倒背如流，他淡淡地説試試無妨。沒料到兩個星期後他就寫好大綱了，接着他愈來愈精神，一個月就出了劇本，每次都説不再改，但最後不斷修訂，寫了五、六稿，到2018年頭就定稿了。

我十分佩服Rupert在劇本翻譯和改編的能力。我記得中英製作Rupert遺作《初見》時，我們請了前香港演藝學院戲劇學院院長薛卓朗(Ceri Sherlock)來執導，由於他是外國人，所以我們也邀請了資深的劇場翻譯簡婉明，給導演把Rupert的翻譯轉回英文。2022年4月，我們將再次製作他翻譯的經典名作《元宵》，無獨有偶，這次導演也是薛卓朗。當年Rupert改編劇本時，作了些增刪及改動，導演有意把原來一些Rupert已刪去的台詞放回演出中。故此，我便問簡婉明是否可以幫忙，把導演想加回的一些台詞，用Rupert式的風格去翻譯出來。可是她就答了一句：「沒可能了！恐怕也沒有誰可以做到，後無來者了！」當下我真的很感慨，是的，「後無來者！」更重要的是他是一位謙謙君子，不爭名利，可能因為他是位虔誠的天主教徒，會選擇做一個和平使者。

Rupert從來不會和別人計較金錢，例如中英重演了很多次《相約星期二》(*Tuesdays with Morrie*)，我覺得不好意思，因為Rupert是董事，不能付錢給他，他也覺得不要緊。幾年前《禧春酒店》(*Spring Fever Hotel*)有些商業演出，有人想問Rupert取得授權演出，但又未知何時會演，我對Rupert説：「我知你不計較，不過你需要保障自己，你可以簽，但要有個期限，演又如何，不演又如何，這樣才公道。」

我是這樣欣賞Rupert，他是如此不計較。我和Rupert私下很熟絡，他兒子Phoebus結婚時，我幫忙聯絡及招呼賓客，可能也算落力吧，Rupert太太還笑說要認我做乾兒子呢！Rupert不是傳統型父親，他可以和兒子說色情笑話，雖然沒有直言，但他太太說過他心底裡很掛心兒女，Phoebus鋼琴造詣甚深，但做父親的還是擔心他的前途，但又不想加意見阻礙兒子發展。

在Rupert最後的日子，我們雖然沒有見面，但也感覺到他有點消極，說不知自己能否出院，大概感到自己時日無多，所以他預先寫了一篇文章，經Phoebus電話短訊傳給朋友們。我欣賞他可以這樣豁達面對死亡。在Rupert的追思會上，我多次控制不了自己的情緒。反而他的兒子Phoebus覺得爸爸是那樣幽默和樂觀的人，葬禮也不應該悲情。對！Rupert就是這樣的一個人，才華洋溢，樂觀豁達！

張可堅

資深戲劇工作者，涉獵包括舞台監製、導演、演員、翻譯和劇評工作。中學時期已作職業性演出，曾參與香港話劇團首季第一齣戲劇《大難不死》的演出。1979年參與創立海豹劇團，積極參與台前幕後的工作。1982年以優異成績畢業於香港浸會大學（前稱浸會學院）英文系，隨即加入中英劇團為職業演員。1987年離開中英劇團，進入香港大學進修翻譯，1989年取得榮譽文學士。期間出任中天製作有限公司總經理，監製大型話劇製作。1994年加入香港戲劇協會擔任副會長至今。1998年參與創立劇場空間出任藝術總監。2011年取得香港演藝學院藝術碩士，主修導演。因推動文化藝術發展，2014年獲民政事務局嘉許狀。

張氏曾在多個舞台演出擔演主角，近作有中英劇團《孔子63》及《孔子・回首63》；並憑《尋根姊妹花》獲得香港戲劇協會提名最佳男主角（喜劇/鬧劇）。他更曾為多個劇團翻譯劇本，包括香港話劇團的《人民公敵》（易卜生）、《請你愛我一小時》（田納西・威廉斯）及《櫻桃園》（契可夫）；中英劇團的《生日派對》（哈洛・品特）、《快樂・等待》（貝克特）；改編翻譯的《聰明伙記笨事頭》（哥爾多尼）、《象人》（龐馬倫斯）、《玻璃偵探》（J.B. 庇里斯利）、《孤星淚》及《血色雙城記》（何樂為）、《月愛・越癲》（克雷格・普斯必兆）、《多次元戀愛》（約翰・米頓爾）及《蝦碌戲班》（米高・弗雷恩）；海豹劇團基金有限公司的《殘局》（貝克特）、《縱火者》（麥士・弗利施），與凌紹安合譯《愛情俘虜》（森・商柏）及《花生大少爺》（克拉克・嘉仙納）；中天製作有限公司的《櫻桃園》（契可夫）；第四線劇社與勞敏心合譯的《尋根姊妹花》（温迪・韋莎斯妲）及《教我如何不愛爸》（羅拔・安達臣）；香港戲劇協會的《推銷員之死》（阿瑟・米勒）、《叛艦記WWII》（赫爾曼・穫加），改編《羅生門》（霏及米高・簡年），《大建築師》（易卜生），《承受清風》（羅姆・勞倫斯與羅伯特・李），《野鴨》（易卜生），《小城風光》（懷爾德），《都是我的孩子》（阿瑟・米勒）及《我的聖城麥加之路》（阿索爾・富加德）；思定劇社的《珠寶店》（教宗若望保祿二世）；劇場空間則有《鐵達亂尼號》（基斯杜化・杜寧），改編《夢斷維港》（亞瑟・勞倫仕）（原譯名為《夢斷城西》），《義海雄風》（亞朗・素堅），《十二怒漢》（利尊勞・羅斯），《畫布上的爸爸媽媽》（天娜・侯），《凹凸男女》（大衛・加），《三個女人唱出一個噓》（克雷格・盧卡斯），《點點隔世情》（詹姆士・賴平與史提芬・桑咸），《奇異訪客》（艾力克・埃馬紐埃爾・史密特），《少年梵高的煩惱》（高拉斯・偉治），《紐倫堡大審判》（艾比・曼），《霧夜謀殺案》和《坷廬謀殺案》（阿嘉莎・克莉絲蒂）與及劇場空間和香港話劇團合辦的《不起床的愛麗思》（蘇珊・桑塔格），還有香港演藝學院的《早上的繁星》（亞歷山大・嘉連）及其藝術碩士課程畢業作的《不忠》（哈洛・品特）。2009年獲香港戲劇協會頒發銀禧紀念獎── 傑出翻譯獎。

張可堅較重要的導演工作有中天製作有限公司的《撞板風流》及《零時倒數》；新域劇團的《情危生命線》；香港戲劇協會的《羅生門》和劇場空間的《望框框的男人》，《義海雄風》，《大刀王五》，《戀上你的歌》，《十二怒漢》，《老竇》，《畫布上的爸爸媽媽》，《凹凸男女》，《哲拳太極》，《三個女人唱出一個嘘》，《點點隔世情》，《奇異訪客》，《紐倫堡大審判》，《風聲》(聯合導演)與及劇場空間和香港話劇團合辦的《不起床的愛麗思》；思定劇社的《珠寶店》，香港演藝學院藝術碩士課程畢業作的《不忠》。最近則有中英劇團的《巴打修女騷 — show》，《靖海氛記張保仔》，《人生原是一首辛歌》，《留守太平間》，《唐吉訶德》及iStage的《相聚21克》。在過去香港戲劇協會主辦的「香港舞台劇獎」頒獎禮中，由他執導的戲，一共獲得五十五項提名，包括四次提名最佳整體演出，共獲得九個個人獎項。八度獲選十大最受歡迎製作；張可堅先後九度獲提名最佳導演，1994年憑《撞板風流》獲最佳導演(喜劇/鬧劇)和2004年憑《十二怒漢》獲得最佳導演(悲劇/正劇)。

張可堅現為中英劇團藝術總監，香港戲劇協會副會長，劇場空間及iStage劇團董事，香港家庭計劃指導會婦女會社區劇團名譽藝術總監，香港藝術發展局戲劇審批員，靈火劇團顧問，香港理工大學文化推廣委員會委員及香港電台電視部顧問團成員。曾任中英劇團總經理，劇場空間藝術總監，香港展能藝術會執行委員會委員，沙田話劇團副藝術主任，海豹劇團基金有限公司董事，中天製作有限公司董事，沙田話劇團管理委員會委員，國際藝評人協會香港分會董事，香港話劇團顧問，前臨時市政局戲劇顧問及康樂及文化事務署戲劇顧問。

陳鈞潤改編劇的文化意義

/ 張秉權

藝術從來有借喻性質。美的欣賞需要距離。戲劇角色或大或小，情節或繁或簡，距離正能添加富趣味的異色，因此，無論是古希臘劇或莎士比亞作品，故事與異鄉有關者多的是，此處不必舉例了。中國現代戲劇史上這現象也所在多有，清末留日學生演出《茶花女》和《黑奴籲天錄》、歐陽予倩1934年底親來香港導演《油漆未乾》、香港話劇團成立的首個演出《大難不死》，這些里程碑式作品都翻譯自外國，細想起來一點都不偶然。

毋庸費詞，翻譯劇在香港劇場內的位置，從來非常重要。翻譯怎樣操作，卻是個大問題了。除了「一般」的準確、達意、風格等要求，和跨越文化障礙的種種調節外，「共時」演出的考慮更是個關鍵。戲劇語言由演員「説」出來，觀眾即時因「聽」而「理解」，這中間沒有多少可以停下來斟酌的時間。因此，筆譯文字有時故意傾向「佶屈聱牙」，旨在保留適度的異國風，或期待讀者調慢閱讀速度，以便更好咀嚼語意的行文策略，這裏都不管用。「硬譯」從來不見容於劇場，相反，順口利耳，才是王道。

這麼多年來，把洋劇本翻譯過來搬上舞台的不少，譯筆當然隨人不同，風格多異。其中最為人津津樂道者無疑是黎翠珍和陳鈞潤，這兩位高人筆健量多，而且都在作品「可表演度」的把握上，為同輩以至後來者樹立典範。

黎、陳兩位的最大不同，在於對原著背景的「尊重」與「改動」。從事藝術工作的人都有不羈愛玩的性格，黎固如此，陳則走得更遠。他在〈知足者，頻譯樂〉一文中坦言不走鍾景輝、楊世彭和黎翠珍等主流即保存原背景的路，寧願不避爭議，冒大不韙「把外國劇本任意搬到中國或香港背景」。他説這樣做是「求令本港觀眾有親切感，增強投入與共鳴。」不過，我卻以為這只是個方便説法。陳這樣做，其實更是為了樂趣，為了自娛。情節與人物的背景改動了，創作的天空就大了。本來翻譯本質上是個

allographic層次的工夫，無論如何用心，它到底還是原劇本的「變體」；但是，一經換了背景，改編的「譯作」已自有其autographic份量，其後的種種演出讓這個作品繼續成為allographic art，但是，「陳鈞潤」這個簽名(autograph)卻已經清楚不移了。這種化翻譯為創作帶來的樂趣，我以為才是他譯事不疲的理由。

中英劇團於1986年首演的《元宵》由高本納(Bernard Goss)導演，由於演員整體風格鮮明，推進爽朗流暢，當年已是叫好不絕。陳鈞潤的改編使莎士比亞這個原名《第十二夜》的喜劇別具神采，尤其是使戲成功的一大因素。故事圍繞身份、喬裝、愛情與誤會。主要情節是石蕙蘭與石芭亭這對孿生兄妹，長相酷肖。在一次海難中兩人失散，都以為對方喪命。流落廣州的石蕙蘭乃喬扮男裝，當了越國公賀省廬僕人。賀省廬派傾心於他的石蕙蘭向女員外蕚綠華示愛，蕚綠華拒絕了賀省廬，卻愛上男身的石蕙蘭這個傳信人。蕚綠華雖被石蕙蘭拒愛，其後石芭亭出現，巧遇蕚綠華，而這段雙重錯認(先是女扮男裝，後是認兄作妹)的的一見鍾情乃得成立……誤會最終解開後，賀省廬和石蕙蘭、蕚綠華和石芭亭兩對男女，終於也尋得所愛。

莎氏這作品的愛情意蘊微妙可喜，全劇多條線索穿插相纏，靈巧熱鬧，加上因易服改裝而來的錯愛、痴愛、苦愛，以至石蕙蘭「我不是我」(I am not what I am)這樣耐人尋味的話，在在都令人對作品着迷。陳把背景放在唐朝，半文不白，似熟還生的台詞創造了絕妙的美感距離，由中英劇團一群年輕演員演繹出來更添跳躍輕快的調子。例如石蕙蘭奉命傳信，説賀省廬如何深愛蕚綠華，莎氏原文是："With adorations, with fertile tears, With groans that thunder love, with signs of fire." 名家朱生豪譯為：「用崇拜，大量的眼淚，震響着愛情的呻吟，吞吐着烈火的嘆息。」準確固然矣，而陳鈞潤的譯法是：「情如海、淚如泉、呻吟如雷、嘆息如火！」靈活套用了出於《孫子兵法》而大盛於日本的名句「疾如風、徐如林、侵掠如火，不動如山」，其力量當然遠勝。

接着，尊綠華隨即拒絕，說："I cannot love him: Yet I suppose him virtuous, know him noble, Of great estate, of fresh and stainless youth; In voices well divulged, free, learn'd and valiant, And, in dimension and the shape of nature, A gracious person: but yet I cannot love him." 試比較朱生豪和陳鈞潤兩種譯法：

> 「我不能愛他。雖然我想他品格很高，知道他很尊貴，很有身份，年輕而純潔，有很好的名聲，慷慨，博學，勇敢，長得又體面；可是我總不能愛他……」(朱譯)

> 「雖知佢德高望重、系出名門、年少有為、學富五車、英明神武；而且天生儀表非凡、器宇軒昂。可惜我仍未能以愛相酬……」(陳譯)

陳連用多個四字詞，演員唸來口吻調利，字字鏗鏘；然而四字詞的習用性質又讓尊綠華的拒愛平添一份不着深心、隨口敷衍的色彩，實在妙手偶得。

正是陳鈞潤這種對語言的敏感度，讓他在處理台詞時從容有度，佳句處處。他也會因應莎劇之雜用有韻無韻詩，在改編時相應用上中國舊詩之體，這就使台詞節奏變化比英文原劇更鮮明。這又是善用中文特點使得譯文反勝於原文的例子。朱生豪處理時只是對應原文，翻譯為整齊有韻的詩體，就浪費了傳統舊詩這中文利器了。

喜劇常會在微妙的情色處玩遊戲以博觀眾一笑，陳在這些地方也是優為之。《元宵》的茅福祿是尊綠華管家，他暗戀主人，最後卻慘遭戲弄，這個人物既使情節由喜而鬧，但也平添一份悲涼的異色，是全劇別具趣味的一筆。陳鈞潤在茅福祿的語言方面也有獨到之處，陳在〈知足者，頻譯樂〉文中也有畧及，有心讀者不妨從原文和譯文中細心體會。

是的，關鍵還是快樂。陳直言他是以譯為樂，從譯得樂。他此處變常言的「貧亦樂」為「頻譯樂」，示範怎樣以諧音玩文字遊戲，實在跳脱可喜。在他的遊戲實踐下，文言白話雜用，散文韻文互通，而在把原劇「本土化」於香港，即改譯為現代粵語劇的的過程中，同樣把語言玩得出神入化。

其中為人津津樂道者，厥為懷舊口語的運用。陳在〈知足者，頻譯樂〉中自承他偏愛這種「祖母那一代的出口成文語法」，而最明顯的，是歇後語。在《元宵》中陳鈞潤早已小試牛刀，第十場茅福祿給人戲弄前，他自言自語上場，以為得到蓴綠華暗戀，鮑菟聲說他「老鼠跌落天秤——自稱自」，便是原文所無（莎氏原文是Here's an overweening rogue）而純是他的創造。在以上世紀二十至四十年代的香港為背景的《女大不中留》、《今生》等劇中，這種歇後語的運用就更手到拿來了。

其中一齣歇後語用得較多的還推劇場空間於2011年演出的《今生》。這個劇改編自曉寧納（Hugh Leonard）的劇本，寫苦學成才的杜仕林在知道身罹絕症之後，造訪拒見多年的初戀情人瑪利，想清楚知道自己在她心目中的位置。由於瑪利已婚，並且嫁了給年輕時候只懂玩樂而不長進、從來被杜仕林看不起的姜自樂；而杜仕林的太太藍荳萁，既同是少年時同時成長的好朋友，當然也知道彼此的微妙關係，只是因崇拜杜仕林兼個人性格温婉，卻從來接受無怨……戲的情節固然可觀，更重要的突出了四個複雜而立體的角色性格。陳鈞潤又一次馳騁其縱橫於中西文學的能力和對香港掌故的認識，把原劇的愛爾蘭背景移植到港島薄扶林村。由於當地當年真的有個天主教社區，因此改編和演出都見順適可觀。兼起到以戲存史，以藝懷古，讓後人透過戲而重認社區關係和風俗人情的作用，這已經是遠超「一個作品」的意義，而懷舊口語，正是風俗人情賴以留存的不可缺媒介。

因此，儘管對陳放肆驅馳比喻與歇後語會有不同看法，宏觀來看不過是末節。風格，永遠是最大的理由。何況，陳不會不知道這些語言有些過時難解，他之「不疲」於甘冒不韙，當然是為了「樂此」。這也反證了他改動原著背景是為了令觀眾「親切」和「投入」云云，只是個掩眼說法而已。

陳鈞潤離去了，留下這些改編作品讓我們永遠懷念。我們愈重讀，就愈珍重它們的文化意義：化西為中的意義，化原作變體為異文化創作的意義，重認舊時風的意義——藝術，為人為己都帶來快樂的意義。後來者有所不知以至偶然聽不懂，或許怪不了作者。正如他把早經其他人譯為「大鼻子情聖」、「風流劍客」的《西哈諾》譯名為《美人如玉劍如虹》，貼切就得，過癮就得，西片都用過又點？冇版權嘅，本來係襲自珍百幾二百年前嘅詩句，都冇乜人知啦！

作者
張秉權博士為資深劇評人，國際演藝評論家協會（香港分會）主席。

劇照（附海報/場刊封面）

《元宵》*	中英劇團	攝影：張志偉、Francis Li
《女大不中留》*	中英劇團	攝影：Francis Li
《禧春酒店》*	中英劇團	攝影：Francis Li
《美人如玉劍如虹》	中天製作有限公司	攝影：不詳
《家庭作孽》	香港話劇團	攝影：陳錦龍
《今生》	劇場空間	攝影：羅金翡

* 編註：部分劇照的攝影師紀錄不詳

《元宵》*Twelfth Night*

原著：William Shakespeare

改編及翻譯：陳鈞潤

唐朝名門之後的石蕙蘭在撞船意外中獲救，流落異鄉，並喬裝成男兒之身，當上嶺南節度使賀省廬的侍從。賀正瘋狂地傾慕他那富有的鄰居蕚綠華，化名石沙鷗的蕙便成為訊使，穿梭於賀、蕚兩家之間，但蕚竟愛上男兒身份的蕙，而蕙則愛上了賀。當她正懊惱於這微妙的關係中，不知如何是好之際，她那孿生的兄長石芭亭卻突然出現……

CHUNG YING THEATRE COMPANY
Supported by the Council for the Performing Arts of Hong Kong
presents a production of Shakespeare's
"TWELFTH NIGHT" in Cantonese
Director: Bernard Goss
Assistant Director: Wong May Lan
Script Translated by: Rupert Chan
Costume Designer: Edmond Wong
Lighting Designer: Evans Leung
Musical Director: Wong Ka Wai
Stage Manager: Edwin Lau
Assistant Stage Managers:
Cheung Heung Ming, Samuel Lai
Costume Coordinator: Mak Mei Yuk
Props Assistant: Chan Yiu Pai
The Cast: Alice Cheng, Dominic Cheung,
Lee Chun Chow, Chow Wai Keung,
Anthony Liu,
Suen Wai Tong,
Alan Wong,
Artistic Director: Bernard Goss
Administrator:
元
宵
中英劇團
演出粵語話劇
改編自莎劇《第十二夜》

中英劇團於此作場

《女大不中留》*Hobson's Choice*

原著：Harold Brighouse
改編及翻譯：陳鈞潤

四十年代的香港，孤寒鞋店老闆何弼臣的三位閨女為求嫁得如意郎君，不惜與父親大鬥法。摽梅已過的大女何美娟，不甘被老父標籤會孤獨終老，決定主動出擊，尋找自己的理想對象，扭轉命運。她對工藝不凡的造鞋匠莫威軟硬兼施，實行逼婚，更決定雙雙另起爐灶，與老父對抗到底。最後她略施小計，不但令老父就範，兼且把財產雙手奉上；最後，還撮合了兩位妹妹的終身大事，大功告成。

革履歡迎定做

何弼臣鞋店
價實童叟無欺

An Urban Council Presentation
中英劇團粵語演出英國經典名劇 Chung Ying Theatre Company in
「女大不中留」 'HOBSON'S CHOICE'
(in Cantonese)
原著：夏勞特・貝力吉侯斯 By Harold Brighouse
19-21 September 1986 (Fri-Sun) 7:30 pm
21 September 1986 (Sun) 2:30 pm
City Hall Theatre
Ticket prices at $20, $30, $40
Director: Wong May Lan
Script Translator: Rupert Chan
Set/Costume Designer: Lo King Man
Lighting Designer: Evans Leung
Stage Manager: Edwin Lau
Principal Artists:
Alice Cheng
Chow Wai Keung
Suen Wai Fong
Dominic Cheung
Anthony Liu
Chris Kung
Lee Chun Chow
Carmen Lo
Wendy Mok
Guest Artists:
Law Kar Ying
Fung Kin
Elizabeth Huggins
Artistic Director: Bernard Goss
Administrator: Francis Ma
Tickets available at URBTIX outlets at the City Hall, Queen Elizabeth Stadium, Space Museum, Hong Kong Coliseum and Tom Lee Music Co. Ltd. (Cameron Lane, Man Yee Building, Tsim Sha Tsui Cityplaza and Hennessy Road).
Telephone booking available until 15 days before the performances.
Telephone reservation available up to the day before the performances (5-739595)
The Chung Ying Theatre Company is supported by the Council for the Performing Arts of Hong Kong

《禧春酒店》*Spring Fever Hotel*

原著：Georges Feydeau & Maurice Desvallières
改編及翻譯：陳鈞潤

二十年代，建築商陶花琿與鄰居莫潔貞，一個不滿妻子專橫，一個不甘丈夫冷落，二人竟偷偷相約到澳門偷情，入住了古老的三流酒店：「禧春酒店」。酒店內怪事連篇，經過一輪荒謬惹笑的情節後，二人不但幽會失敗，更被拉上警署，敗走返港。最後，在險被各自妻子和丈夫揭發的情況下，僥倖過關，逃過一劫。

一個中文版本的法國鬧劇
中英劇團演出
Director: Bernard Goss
Script, Adapted/Translated by: Rupert Chan
Assistant Director: Wong May Lan
Set Designer: Rennie Sin
Costume Designer: Edmond Wong
Lighting Designer: Evans Leung
Composer and Musical Director: Hugh Trethowan
Choreographer: Anneke Patria
Costume Co-ordinator: Law Ping
Cantonese Opera Adviser: Law Kar Ying
A Chung Ying Theatre Company production
A Cantonese production of an hilarious French Farce
Adapted from "L'Hotel du Libre-Echange" by Georges Fedeau and Maurice Desvallieres
SPRING FEVER HOTEL
Arts Centre Shouson Theatre
Longman

《美人如玉劍如虹》*Cyrano de Bergerac*

原著：Edmond Rostand
改編及翻譯：陳鈞潤

唐代軍人薛蘅蘆詩才超逸，劍藝絕世，但由於外表的缺憾，不敢向表妹賀若珊吐露心中愛意。賀雖然敬愛表哥，卻鍾情他的同袍戰友紀時春。紀有貌無才，為了打動賀的芳心，他央求薛為他撰寫情信。薛夾在兩人中間，百般滋味在心頭，心傷之餘便借紀的名字將自己無法憑寄的愛意悉數表達。果然，誠懇真切的詩句打動了賀的芳心，終於紀與賀互訂終生，薛只能斯人獨憔悴。可惜最後幸福並沒有降臨在任何一位主人公身上，只留下詩人文采及傳奇故事。

一齣唐代背景的純浪漫主義音樂舞台劇

一九九〇年六月一日至八日
晚上七時三十分
香港文化中心大劇院
1-8 June 1990
7:30pm
Grand Theatre, Hong Kong Cultural Centre

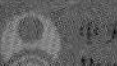
市政局主辦
An Urban Council Presentation

中天製作有限公司製作
Produced by High Noon Production Co. Ltd

A Romantic Musical Drama in Cantonese Adapted from Edmond Rostand's
"CYRANO DE BERGERAC"

《家庭作孽》*A Small Family Business*

原著：Alan Ayckbourn

改編及翻譯：陳鈞潤

麥齊家是名誠實敦厚、有理想、講原則及熱愛家庭的好好先生。他受年老岳父所託，接掌在深圳的家族生意，一心要在事業上大展拳腳。怎料接管公司不久，各式各樣意想不到的麻煩事接踵而來，令這位好好先生一步一步掉進「作孽」的深淵中。

家庭作孽
A Small Family Business
沿河路

《今生》*A Life*

原著：Hugh Leonard
改編及翻譯：陳鈞潤

講述香港殖民地時期，居住在天主教背景極濃的薄扶林村的幾位青年，包括頑固又自視甚高的苦學精英杜林、他苦戀無果的任性初戀情人瑪利，還有他倆的伴侶，從年輕年老的友情和愛情點滴。故事始自杜林造訪拒見多年的瑪利，兩對青梅竹馬的夫婦，在人生幾近盡頭時，又會怎樣面對彼此間的深厚情誼和種種錯失遺憾？

今生
A LIFE
《老竇》兄弟篇
by Hugh Leonard
粵語演出 in Cantonese
如你的一生將走到盡頭
最想向誰說「SORRY」？
還是想向誰討回一句「對不起」？
編劇 曉·寧納
Hugh Leonard
翻譯／改編 陳鈞潤
導演 余振球
演出 高繼祥 區嘉雯 馮祿德
鄧安迪 朱仲暲 楊家豪 張雅麗
康樂及文化事務署
Leisure and Cultural Services Department
主辦
製作

CO. LTD.

陳鈞潤戲劇翻譯及改編年表

根據2019年中英劇團「陳鈞潤紀念特刊」整理而成

劇目	原著	譯名
Room Service	John Murray, Allen Boretz	房間服務
The Insect Play	The Brothers Čapek	昆蟲世界
The Fantastic Fairground	高本納	驚險樂園
Twelfth Night	William Shakespeare	元宵
Hobson's Choice	Harold Brighouse	女大不中留
Spring Fever Hotel (L'Hôtel du Libre-Échange)	Georges Feydeau, Maurice Desvallières	禧春酒店
'Night, Mother	Marsha Norman	半句晚安
Pinocchio	Warren Jenkins, Brian Way	木偶奇遇記
Monster Man	高本納	屠魔者
Cabaret	Joe Masteroff	有酒今朝醉
A Midsummer Night's Dream	William Shakespeare	仲夏夜之魘
The Legend of the Dragon Pearl	Clarissa Brown	龍珠的童話
Rosencrantz & Guildenstern are Dead	Tom Stoppard	閒角春秋

首演年份	首演製作團體	備註
1982	香港中文大學邵逸夫堂	原文翻譯
1984	中英劇團	原文翻譯
1985	中英劇團	原文翻譯
1986	中英劇團	翻譯改編，將16世紀末意大利南岸伊利里亞的背景，改編至中國唐代的廣州
1986	中英劇團	翻譯改編，將1880年英國背景，改編至1940年代的香港西區
1987	中英劇團	翻譯改編，將19世紀法國巴黎背景，改編至1920年代的香港和澳門
1987	中天製作有限公司	翻譯改編，將英國南方一個小鎮的現代背景，改編至香港新界
1987	中英劇團	翻譯改編，加入香港本土元素
1987	中英劇團	原文翻譯，但將背景模糊處理
1988	香港話劇團	原文翻譯
1988	中英劇團	原文翻譯
1988	中英劇團	原文翻譯
1989	中英劇團	原文翻譯

劇目	原著	譯名
The Matchmaker	Thornton Wilder	俏紅娘
The Two Gentlemen of Verona	William Shakespeare	君子好逑
Cyrano de Bergerac	Edmond Rostand	美人如玉劍如虹
Ubu Roi	Alfred Jarry	胡天胡帝
The Memorandum	Václav Havel	備忘錄
Volpone	Ben Jonson	狐狸品
Lord of the Flies	William Golding	童族
Room Service	John Murray, Allen Boretz	科班落難喜逢春
The Suicide	Nikolai Erdman	上窮逼落下黃泉
Fools	Neil Simon	烏龍鎮
Whale	David Holman	灰鯨
It Runs in the Family	Ray Cooney	風流醫生手尾長

首演年份	首演製作團體	備註
1989	香港話劇團	原文翻譯
1990	中英劇團	翻譯改編，將莎劇背景改編至民初的中國廣東佛山
1990	中天製作有限公司	翻譯改編，將17世紀法國背景，改編至中國唐代
1990	香港話劇團	原文翻譯
1990	中英劇團	原文翻譯
1991	中英劇團	翻譯改編，將意大利威尼斯背景，改編至1930年代的香港
1991	沙田話劇團	翻譯改編，根據原著改編，因應劇團要求，加入女性角色
1992	沙田話劇團	翻譯改編，由1930年代美國百老匯背景，改編至同年代的香港
1992	中英劇團	翻譯改編，將蘇聯史太林時代的背景，改編至1950年代中國的廣州
1992	中天製作有限公司	翻譯改編，將19世紀烏克蘭小鎮背景，改編至1950年代中國的雲南
1993	中英劇團	原文翻譯
1995	中天製作有限公司	翻譯改編，將英國背景改編至香港

劇目	原著	譯名
Towards Zero	Agatha Christie	零時倒數
The School for Scandal	Richard Brinsley Sheridan	造謠學堂
Pygmalion	George Bernard Shaw	窈窕淑女
A Christmas Carol	Charles Dickens	飛越人間鎖
Lysistrata	Aristophanes	媾和性罷工
The First Emperor's Last Days	陳贇浩	始皇最後的日子
Peer Gynt	Henrik Ibsen	培爾金特
Little Shop of Horrors	Howard Ashman	花樣獠牙
A Small Family Business	Alan Ayckbourn	家庭作孽
Hamlet	William Shakespeare	哈姆雷特
Disney's Aladdin Jr.	Disney	迪士尼《阿拉丁》兒童劇場版
Tuesdays with Morrie	Mitch Albom, Jeffrey Hatcher	相約星期二
Defending the Caveman	Rob Becker	死佬日記

首演年份	首演製作團體	備註
1996	中天製作有限公司	翻譯改編，將美國背景改編至香港
1996	香港話劇團	原文翻譯
1997	春天舞台製作	翻譯改編，將19世紀末英國倫敦背景，改編至1930年代的香港
1998	思定劇社	翻譯改編，加入香港本土元素
1998	沙田話劇團	原文翻譯
1998	中英劇團	原文翻譯
1999	香港話劇團	原文翻譯，但將全劇對白押韻處理
2002	中英劇團	翻譯改編，將1960年代的美國，改編至80年代的香港，配上大量港式詞彙和流行術語
2004	香港話劇團	翻譯改編，將1980年代英國背景，改編至改革開放後的中國深圳
2006	香港演藝學院	原文翻譯
2006	香港兒童音樂劇團	原文翻譯
2007	中英劇團	原文翻譯
2008	春天舞台製作	原文翻譯

劇目	原著	譯名
Titus Andronicus	William Shakespeare	泰特斯
Serious Money	Caryl Churchill	大茶飯
Disney's Mulan Jr.	Disney	迪士尼《花木蘭》兒童音樂劇
A Mad World, My Masters	Thomas Middleton	大顛世界
A Funny Thing Happened on the Way to the Forum	Burt Shevelove, Larry Gelbart	搶奪芳心喜自由
The Merchant of Venice	William Shakespeare	威尼斯商人
Rhinoceros	Eugène Ionesco	犀牛
The Underpants	Steve Martin	甩底嬌娃
A Life	Hugh Leonard	今生
A Chorus Line	James Kirkwood Jr., Nicholas Dante	舞步青雲
The History Boys	Alan Bennett	歷史男生
Hedda Gabler	Henrik Ibsen	海達・珈珼珞

首演年份	首演製作團體	備註
2008	香港藝術節	原文翻譯
2008	香港演藝學院	原文翻譯
2008	香港兒童音樂劇團	原文翻譯
2008	香港戲劇協會	原文翻譯
2009	中英劇團	翻譯改編，保留了原著古羅馬背景，但為了現場音樂劇演出的需要，而加入地道口語廣東話
2010	中英劇團	原文翻譯
2010	香港演藝學院	原文翻譯
2011	中英劇團	翻譯改編，將上世紀德意志帝國背景，改編至1960年代的香港
2011	劇場空間	翻譯改編，將愛爾蘭小鎮的背景，改編至香港的薄扶林
2013	劇場空間	原文翻譯
2013	劇場空間	原文翻譯
2014	康樂及文化事務署新視野藝術節	原文翻譯

劇目	原著	譯名
Macbeth	William Shakespeare	馬克白
Pride and Prejudice	Jane Austin	初見
Verdict	Agatha Christie	生死裁決

首演年份	首演製作團體	備註
2016	鄧樹榮戲劇工作室	翻譯改編，將蘇格蘭的背景，改編至一個沒有確實存在過的中國古代環境
2020	中英劇團	翻譯改編，將19世紀的英國，改編至1950年代的香港跑馬地
2020	劇場空間	原文翻譯

演出資料（香港）

根據演出場刊及宣傳資料整理而成

《元宵》（1986）

演出地點：香港藝術中心演奏廳
演出日期：31/1-7/2/1986

製作團體：中英劇團

角色表

張可堅 飾 賀省盧、尉遲岸汐
李鎮洲 飾 石芭亭、茅福祿
龔國強 飾 況東洋
羅靜雯 飾 石蕙蘭
鄭寶芝 飾 萼綠華
孫惠芳 飾 晚霞
劉安東 飾 鮑菟虀、月下老人
周偉強 飾 吉慶
黃清俊 飾 船家/將佐
朱存德 飾 將佐
王嘉偉 飾 音樂師（笛子）

藝術總監及導演	高本納 Bernard Goss
翻譯及改編	陳鈞潤
行政總監	馬國恒
助理導演	黃美蘭
音樂總監	王嘉偉
舞台設計	曾柱昭
服裝設計	黃志強
燈光設計	梁日田
舞台監督	劉志鋒
服裝統籌	麥美玉

編註：同年4月23至27日中英劇團
於香港藝術中心壽臣劇院重演《元宵》，
又在10月28至31日於
香港藝術中心演奏廳三度公演，
主創人員基本不變。

《元宵》(2000)

演出地點：屯門大會堂文娛廳
演出日期：19-20/2/2000

演出地點：沙田大會堂文娛廳
演出日期：25-27/2/2000

演出地點：荃灣大會堂文娛廳
演出日期：3-5/3/2000

製作團體：中英劇團

角色表

盧智燊 飾 賀省蘆、尉遲岸汐
劉浩翔 飾 石芭亭、茅福祿
周偉強 飾 況東洋
彭秀慧 飾 石蕙蘭
羅靜雯 飾 萼綠華
伍潔茵 飾 晚霞
林澤群 飾 鮑菟蘗、月下老人
黃龍斌 飾 吉慶
錢佑　 飾 將佐
李振強 飾 將佐
許少榮 飾 現場笛子演奏
眾演員 飾 船家

藝術總監及導演　古天農
翻譯及改編　陳鈞潤
助理藝術總監　李鎮洲
副導演　孫惠芳
佈景設計　羅佩貞
服裝設計　李峯
燈光設計　鄺雅麗
音樂總監/作曲　馬永齡
製作監督　呂偉基
舞台監督　陳秀嫻
執行舞台監督　劉意維
電機師　盧月芳
助理舞台監督　陳兆聰、李振強、伍偉衡
服裝主任　莊惠玲

編註：《元宵》一劇並曾由香港演藝學院戲劇學院製作，在2016年4月27至30日於香港演藝學院戲劇院上演。

《女大不中留》(1986)

演出地點：香港大會堂劇院
演出日期：19-21/9/1986

製作團體：中英劇團

角色表

鄭寶芝 飾 何玉娟
羅靜雯 飾 何惠娟
孫惠芳 飾 何美娟
龔國強 飾 包小詩
劉安東 飾 何弼臣
鶴麗詩 飾 洽和符夫人
馮健 飾 豬髀
李鎮洲 飾 莫威
羅家英 飾 許老二
莫蒨茹 飾 馮帶弟
周偉強 飾 邊時發
張可堅 飾 馬化麟醫生

藝術總監	高本納
翻譯及改編	陳鈞潤
導演	黃美蘭
舞台及服裝設計	盧景文
舞台設計統籌	黃志明
服裝統籌	羅平
燈光設計	梁日田
導演助理	莫蒨茹
舞台監督	劉志鋒
副舞台監督	張向明

《女大不中留》(1987)

演出地點：香港演藝學院戲劇院

演出日期：29/8-5/9/1987

製作團體：中英劇團

角色表

何善影	飾 何玉娟
羅靜雯	飾 何惠娟
孫惠芳	飾 何美娟
周偉強	飾 包小詩
馮祿德	飾 何弼臣
布倫黛・布時雨 Brenda Boase	飾 洽和符夫人
黃清俊	飾 豬髀
李鎮洲	飾 莫威
羅家英	飾 許老二
莫蒨茹	飾 馮帶弟
盧俊豪	飾 邊時發
龔國強	飾 馬化麟醫生

藝術總監	高本納
導演	黃美蘭
翻譯及改編	陳鈞潤
佈景及服裝設計	盧景文
燈光設計	梁日田
劇團設計師、技術監督	何應豐
舞台監督	劉志鋒
副舞台監督	張向明

《女大不中留》(2002)

演出地點：香港文化中心劇場
演出日期：23/8 - 1/9/2002

製作團體：中英劇團

角色表

陸昕	飾 何玉娟
林娜	飾 何惠娟
邵美君	飾 何美娟
盧俊豪	飾 包小詩/豬髀
李鎮洲	飾 何弼臣
柏安琪 Anneke Patria	飾 洽和符夫人
盧智燊	飾 莫威
李中全	飾 許老二
冼浩然	飾 馮帶弟
劉浩翔	飾 邊時發
袁富華	飾 馬化麟醫生
賴玉嫦	飾 女高音

藝術總監	古天農
總經理	丁羽
導演/助理藝術總監	李鎮洲
翻譯及改編	陳鈞潤
副導演	李中全
佈景/服裝/化妝造型設計	趙瑞珍
燈光設計	盧月芳
音響設計	黃伸強
製作監督	張向明
舞台監督	陳秀嫻
執行舞台監督	譚煥玲
電機師	劉美華
服裝主任	莊惠玲

《女大不中留》(2014)

演出地點：沙田大會堂文娛廳
演出日期：21-24/8/2014

製作團體：劍雪同盟

角色表

袁富華 飾 何弼臣
黃美娟 飾 何美娟
吳劍菲 飾 何玉娟
梁穎智 飾 何惠娟
柳文興 飾 莫威
張俊瑋 飾 邊時發
楊天經 飾 包小詩
黃美秋 飾 大媽
鍾子健 飾 許老二
李明珠 飾 馮帶弟
陳煥球 飾 馬化麟醫生
廖愛玲 飾 廖爵士夫人

導演	盧俊豪
翻譯及改編	陳鈞潤
監製	黃美秋、廖愛玲
助理監製	李明珠、吳穗珊
技術顧問	劉漢華
舞台監督	黃碧芬
服裝設計	甄泳然
化妝設計	黃德燕@Sandy Image
舞台設計	盧俊豪、劉漢華
燈光設計	謝徵榮
音響設計	吳銳民
平面設計	柳文興

《禧春酒店》(1987)

演出地點：香港藝術中心壽臣劇院
演出日期：4-8/2/1987

製作團體：中英劇團

角色表

李鎮洲	飾 陶花琿
孫惠芳	飾 崔銀嬌
龔國強	飾 戴年業
鄭寶芝	飾 莫潔貞
周偉強	飾 戴夢星
羅靜雯	飾 懷春
張可堅	飾 馬衡畋
何善影	飾 馬春蘭
葉月容	飾 馬夏荷
麥韻詩	飾 馬秋菊
楊慧敏	飾 馬冬梅
黃清俊	飾 亞利孖打*
莫蒨茹	飾 朱錦春
安內格・巴特里亞	飾 歌舞女郎
馮祿德	飾 高大帥
黃美蘭	飾 樓鶯
文培德	飾 幫辦
朱存德	飾 葡警、苦力及酒店服務員
許峯	飾 葡警、苦力及酒店服務員
盧俊豪	飾 葡警、苦力及酒店服務員
樂一生	飾 葡警、苦力及酒店服務員

藝術總監及導演	高本納
翻譯及改編	陳鈞潤
助理導演	黃美蘭
佈景設計	冼敏華
服裝設計	黃志強
燈光設計	梁日田
作曲及音樂總監	喬・芝達雲 Hugh Trethowan
舞蹈編排	安內格・巴特里亞 Anneke Patria
粵曲指導	羅家英
服裝統籌	羅平
舞台監督	劉志鋒
副舞台監督	張向明

編註：同年3月28日至29日，
中英劇團於沙田大會堂演奏廳重演《禧春酒店》；
4月4至5日，於荃灣大會堂演奏廳重演及
5月20至28日，於香港演藝學院戲劇院重演。
主創人員基本不變。

編註：《嬉春酒店》曾由藝進同學會製作，
於1991年8月3日至17日於香港文化中心大劇院公演，
並在1992年於紅磡香港體育館再次公演。

*由中英劇團製作的《禧春酒店》角色表根據演出場刊資料
整理而成，亞利孖打即劇本中阿利孖打一角。

《禧春酒店》(1996)

演出地點：香港演藝學院歌劇院

演出日期：5-14/1/1996

製作團體：中英劇團

角色表

李鎮洲 飾 陶花琿
孫惠芳 飾 崔銀嬌
黃清俊 飾 戴年業
陳瑞如 飾 莫潔貞
袁富華 飾 馬衡畋
馬松漢 飾 戴夢星
林小寶 飾 懷春
李中全 飾 亞利孖打*
林偉彤 飾 朱錦春
陳琪 飾 妓女/馬春蘭
王嘉明 飾 妓女/馬夏荷
彭秀慧 飾 女荷官/馬秋菊
張佩德 飾 馬冬梅
冼振東 飾 行李員/大帥/警察/苦力/侍應
黃龍斌 飾 行李員/男荷官/警察/苦力/侍應
李子健 飾 行李員/男荷官/警察/苦力/侍應
方子凡 飾 行李員/警察/苦力/侍應
黃偉權 飾 警察

藝術總監	古天農
導演	黃美蘭
翻譯、改編及歌詞	陳鈞潤
助理導演	黃清俊
佈景及服裝設計	李峯
燈光設計	李樹生
音樂總監/作曲	陳錦標
音響設計	譚俊豪
製作監督	呂偉基
舞台監督	張向明
執行舞台監督	陳秀嫻
電機師	周金鳳
服裝主任	莊惠玲
佈景製作	魯氏美術製作有限公司

《禧春酒店》(2014)

演出地點：葵青劇院演藝廳
演出日期：17-26/10/2014

製作團體：中英劇團

角色表

盧智燊 飾 陶花琿
王曉怡 飾 崔銀嬌
黃天恩 飾 戴年業
藍真珍 飾 莫潔貞
巢嘉倫 飾 戴夢星
高少敏 飾 懷春
張志敏 飾 馬衡畋
楊螢映 飾 馬春蘭
丁彤欣 飾 馬夏荷/樓鶯
何芷遊 飾 馬秋菊/樓鶯
胡希文 飾 馬冬梅/老樓鶯
張焱 飾 苦力/伙記/高大帥/葡警
陳嘉樂 飾 苦力/伙記/嫖客
蔡溥泰 飾 苦力/伙記/葡警
薛嘉希 飾 苦力/伙記/嫖客
麥沛東 飾 亞利孖打*
黃頴雪 飾 朱錦春
徐務妍 飾 歌舞女郎
邢灝 飾 幫辦

藝術總監及導演	古天農
翻譯及改編	陳鈞潤
佈景設計	賴妙芝
服裝設計	黃志強
燈光設計	陳焯華
作曲及音響設計	劉穎途
編舞	邢灝
助理導演	胡麗英
助理佈景設計	林翠群
製作監督	李浩賢
舞台監督	曾以德
執行舞台監督	陳斯琹
服裝主任	劉幸芝
音響控制	許肇麟
佈景製作	魯氏美術製作有限公司
監製	張可堅
執行監製	李淑君
助理監製	許樂欣
市務推廣	譚嘉怡、趙震輝、王俊發
票務	洪英峻、蘇愷琪
造型攝影	Henry Wong
宣傳形象及化妝	馬穎芝
宣傳形象及設計	李錫康
平面及場刊設計	Doxa Graphix
演出攝影	Hiro
錄像拍攝	香港短片製作中心

《嬉春酒店》(2015)

演出地點：香港理工大學賽馬會綜藝館
演出日期：20-29/3/2015

製作團體：達摩工作室

行政總監	Tom Chiu
導演	蕭鍵鏗
翻譯及改編	陳鈞潤
監製	朱仲銘

角色表

單立文 飾 陶花琿
伍詠薇 飾 崔銀嬌
林嘉華 飾 戴年業
江美儀 飾 莫潔貞
陳彥行 飾 懷春
楊天經 飾 戴夢星
艾威 飾 馬衡畋
譚凱琪 飾 馬春蘭
李綺雯 飾 馬秋菊
李思欣 飾 馬冬梅
劉凱欣 飾 馬夏荷
梁嘉琪 飾 朱錦春
泰臣 飾 亞利孖打
喬寶寶 飾 香港警察

《嬉春酒店2016》(2016)

演出地點：香港理工大學賽馬會綜藝館
演出日期：22/12/2016-1/1/2017

製作團體：達摩工作室

主要角色

詹瑞文 飾 陶花琿
向海嵐 飾 崔銀嬌
陳康 飾 戴年業
伍詠薇 飾 莫潔貞
林嘉華 飾 馬衡畋
賴慰玲 飾 懷春
伍文生 飾 戴夢星

其他演員

鄭瑩瑩
張滿源
蘇育輝
施淑婷
劉曉樺
楊雯思
歐芷菲
張錦霞
周念天

藝術總監	詹瑞文
翻譯及改編	陳鈞潤
行政總監	袁家龍
導演	陳淑儀/黃曉初
監製	朱仲銘
製作統籌	梁詠恩
策劃	譚文智、鄭瑩瑩
製作經理	Joe Chan
造型美術總監	Alan Ng
海報及平面設計	Edwin Or
海報及平面攝影	Yankov Wong
佈景設計	邵偉敏
執行舞台監督	李穎蘭
燈光設計	羅瑞麟
音響設計	黎智勇
項目形象及市場策劃	HippoTac(HK)Limited
公關及舞台劇宣傳	中辰企業策劃有限公司

《美人如玉劍如虹》(1990)

演出地點：香港文化中心大劇院
演出日期：1-8/6/1990

製作團體：中天製作有限公司

角色表

鄭少秋 飾 薛衡蘆
米雪 飾 賀若珊
張可堅 飾 紀時春
丁家湘 飾 桂玉書
麥皓為 飾 何其樂
傅若鵬 飾 李百喻
周志豪 飾 令狐逸
廖愛琴 飾 乳娘
李楓 飾 何其樂妻子/道觀主持
余曉帆 飾 范餘威/禁軍
劉慧嫻 飾 胡姬/道姑
曹世希 飾 扒手/餅店夥計/僮僕/禁軍
譚明業 飾 老丈/賈毓彬
何紀勳 飾 戲棚門子/詩人/禁軍
袁啟亮 飾 禁軍/校尉
伍錫貴 飾 禁軍/詩人
黃靜誼 飾 少女/道姑
何燦成 飾 國公/詩人/校尉
趙汝俊 飾 古冶子/校尉/和唱團
大川 飾 孟福潤/禁軍/太監
任志華 飾 魚朝恩公公/詩人/禁軍
丁美森 飾 群眾/餅店夥計/僮僕/禁軍
黃敏儀 飾 群眾/禁軍/和唱團
胡翠霞 飾 群眾/道姑
朱國安 飾 群眾/禁軍
王郁清 飾 群眾/道姑/詩人
簡燕玲 飾 仕女/道姑
宏潤梅 飾 仕女/道姑/和唱團
歐陽永強 飾 群眾/詩人/禁軍
黃祖明 飾 禁軍/和唱團

藝術總監/導演	麥秋
策劃	張可堅
監製	鄭寶芝
改編及填詞	陳鈞潤
音樂總監及作曲	羅永暉
樂隊指揮	梁兆基
宣傳顧問	司徒偉健
舞台設計	盧景文
助理舞台設計	陳慧之
服裝設計	陳俊豪
燈光設計	李炳強
音響設計/製作	李永榮
化妝設計	譚茂蓀
武術指導	楊劍華
舞台監督	李瑩
執行舞台監督	盧偉基、鄧榮國
髮飾	彭雁聯、李永雄、李萍
頭飾	陳漢強
佈景製作	魯氏美術製作有限公司
服裝製作及統籌	馮綺梅
服裝主任	黃婉嫦
化妝	香港化妝學院
會堂音響工程	潘志立、梁偉忠
舞台音響工程	胡偉聰、陳啟榮
音響效果工程	區安國、余紹祺
道具	任偉良
攝影及錄影	雅高製作公司

編註：《美人如玉劍如虹》一劇
於同年11月22至29日
在香港文化中心大劇院重演，
主創人員基本不變。

《家庭作孽》(2004)

演出地點：香港文化中心劇場
演出日期：3/3 - 4/4/2004

製作團體：香港話劇團

角色表

黃秋生 飾 麥齊家 (3 - 21/3)
高翰文 飾 麥齊家 (24/3 - 4/4)
黃哲希 飾 倪寶貝
周志輝 飾 倪壽崑
陳煦莉 飾 麥朝霞
王維 飾 勞思來
黃慧慈 飾 麥晚霞
辛偉強 飾 麥國富
馮蔚衡 飾 莫荔緹
孫力民 飾 倪德民
潘壁雲 飾 杜夏蕾
秦可凡 飾 杜懿芳
潘燦良 飾 何必達
張錦程 飾 馬鷹象、馬鷹獅、馬鷹虎、馬鷹豹、馬鷹狼

導演	毛俊輝、司徒慧焯
翻譯及改編	陳鈞潤
原創音樂	喬・芝達雲
佈景設計	陳志權
服裝設計	黃智強
燈光設計	尹立賢 John A. Williams
助理導演	馮蔚衡
助理燈光設計	伍在朗
監製	梁子麒
執行監製	李藹儀
市場推廣	鄧婉儀、吳凱明
技術監督	林菁
舞台監督	馮國彬
執行舞台監督	利湛求
道具製作	梁國雄
服裝主任	甄紫薇
化妝及髮飾主任	何明松
電氣技師	朱峰
影音技師	祁景賢
音樂錄音及混音	思登樂苑
佈景製作	天安美術製作公司
攝影師	陳錦龍

《今生》(2011)

演出地點：沙田大會堂文娛廳
演出日期：9-11/9/2011

演出地點：屯門大會堂文娛廳
演出日期：17-18/9/2011

演出地點：荃灣大會堂文娛廳
演出日期：24-25/9/2011

製作團體：劇場空間

角色表

高繼祥 飾 杜林（杜仕林）
鄧安迪 飾 道士（少年杜林）
區嘉雯 飾 瑪利
朱仲暐 飾 阿咩（少年瑪利）
馮祿德 飾 老姜（姜自樂）
楊家豪 飾 阿樂（少年姜自樂）
利順琼 飾 荳荳（藍荳其）
張雅麗 飾 荳其（少年藍荳其）

監製	張可堅
翻譯及改編	陳鈞潤
執行監製	李淑君
導演	余振球
舞台設計	温迪倫
服裝設計	黃智強
燈光設計	趙靜怡
作曲/音響設計	劉穎途
製作經理	李浩賢
舞台監督/執行舞台監督	陳珮茜
舞台設計助理	王梓駿
服裝主管/助理舞台監督	呂琼珍
助理舞台監督	張美孚
化妝主任	汪湘雲
宣傳設計/攝影	羅金翡

陳鈞潤翻譯劇本選集──《別冊》

策劃及主編
潘璧雲

行政及編輯小組
陳國慧、江祈穎、郭嘉棋*、楊寶霖

校對
郭嘉棋*、江祈穎、楊寶霖

聯合出版
璧雲天文化、中英劇團有限公司、
國際演藝評論家協會(香港分會)有限公司

璧雲天文化
inquiry@pwtculture.com
www.priscillapoon.wixsite.com/pwtculture

中英劇團有限公司
電話 (852) 3961 9800　傳真 (852) 2537 1803
info@chungying.com　www.chungying.com

國際演藝評論家協會(香港分會)有限公司
電話 (852) 2974 0542　傳真 (852) 2974 0592
iatc@iatc.com.hk　www.iatc.com.hk

鳴謝
陳雋騫先生及其家人、麥秋先生、陳敢權先生、
張可堅先生、張秉權博士、香港話劇團、
劇場空間、余振球先生、司徒偉健先生、
盧俊豪先生、歐陽檉博士、劉欣彤小姐

劇照提供
《元宵》──中英劇團
《女大不中留》──中英劇團
《禧春酒店》──中英劇團
《美人如玉劍如虹》──麥秋先生
《家庭作孽》──香港話劇團
《今生》──劇場空間

封面設計及排版
Amazing Angle Design Consultants Limited

印刷
Suncolor Printing Co. Ltd.

發行
一代匯集

2022年2月於香港初版

國際書號
978-988-76137-4-9

售價
港幣300元(一套七冊)

Printed in Hong Kong

資助 Supported by

中英劇團由香港特別行政區政府資助。Chung Ying Theatre Company is financially supported by the Government of the Hong Kong Special Administrative Region.

國際演藝評論家協會(香港分會)為藝發局資助團體。IATC(HK) is financially supported by the HKADC.

* 藝術製作人員實習計劃由香港藝術發展局資助。The Arts Production Internship Scheme is supported by the Hong Kong Arts Development Council.